CAOS NA ESCOLA

Christian David

CAOS NA ESCOLA

Christian David

Ilustrações de
Carla Pilla

Direção-geral: Vicente Tortamano Avanso

Direção editorial: Felipe Ramos Poletti
Supervisão editorial: Gilsandro Vieira Sales
Edição: Paulo Fuzinelli
Assistência editorial: Aline Sá Martins
Auxílio editorial: Marcela Muniz
Supervisão de arte e editoração: Cida Alves
Design gráfico: Julia Anastacio/Obá Editorial
Editoração eletrônica: Samira de Souza
Supervisão de revisão: Dora Helena Feres
Revisão: Elis Beletti

Dados Internacionais de Catalogação na Publicação (CIP)
(Câmara Brasileira do Livro, SP, Brasil)

David, Christian
Caos na escola / Christian David ; ilustrações de Carla Pilla. – São Paulo : Editora do Brasil, 2019. – (A sete chaves)

ISBN 978-85-10-07600-5

1. Ficção - Literatura infantojuvenil I. Pilla, Carla. II. Título. III. Série.

19-27341 CDD-028.5

Índice para catálogo sistemático:

1. Ficção : Literatura infantil 028.5
2. Ficção : Literatura infantojuvenil 028.5

Maria Alice Ferreira - Bibliotecária - CRB-8/7964

1ª edição / 3ª impressão, 2024
Impresso na Forma Certa Gráfica Digital

Avenida das Nações Unidas, 12901
Torre Oeste, 20º andar
São Paulo, SP – CEP: 04578-910
Fone: + 55 11 3226-0211
www.editoradobrasil.com.br

Dedico este livro a Gil Sales e a todos os editores que nos ajudam a tornar nossas histórias melhores.

PRÓLOGO

Luísa acordou de repente.

Havia tido um daqueles sonhos intensos e cheios de detalhes. Já havia deixado outras vezes a lembrança se desvanecer com a luz da manhã, mas, dessa vez, conseguiu acordar com o sonho ainda fresquinho na cabeça. Tinha a impressão de que alguém havia chamado seu nome, mas o quarto estava deserto, nem sinal dos pais ou do irmão. Decidiu não dormir mais. Faria o que melhor sabia fazer, ainda que tivesse aula no dia seguinte e perdesse a noite de sono. Desenharia até de manhã, quando a mãe a chamaria para o café da manhã, que ela nunca tomava. Por causa do sonho maluco, já havia parado algumas vezes na enfermaria devido a uma fraca, mas insistente, dor de cabeça. Talvez botar o desenho pra fora fosse uma maneira, ainda que estranha, de colocar também a dor de cabeça pra fora. Gostava da nova enfermeira da escola, que sempre conversava com ela, lhe dava atenção e demostrava preocupação real com seu estado.

Sentia que aquela figura, que agora habitava seus pensamentos, e aqueles símbolos, que pareciam mágicos, precisavam ficar gravados no papel, ou melhor, na tela do *tablet*.

CAPÍTULO 1

PAULA TINHA PLANEJADO vencer aquela disputa. É verdade que contava com Luísa, que desenhava bem pra caramba, mas era ela quem organizava a coisa toda. Motivava os colegas, cobrava prazos, vistoriava a qualidade final, dava pitacos para a melhoria do produto. E isso valia para o mais simples trabalho em grupo, para o projeto anual para a feira de ciências ou para qualquer outro projeto, valesse nota ou não, em que Paula estivesse envolvida. E os amigos aceitavam porque ela tinha um carisma só dela e as coisas sempre funcionavam quando ela se metia a dar ordens. A menina era só comandos:

– Pessoal, falta pouco tempo, o trabalho não vai se fazer sozinho.

– Gente, se cada um não fizer a sua parte o projeto não vai ficar pronto no tempo em que devia.

– Gostei dessa parte aqui, mas ainda dá pra melhorar, nós já fizemos cartazes mil vezes melhores que este.

– Olha só, as coisas têm prazo, não dá pra ficar enrolando assim, nossa nota vai ficar um caos se não entregarmos na data certa.

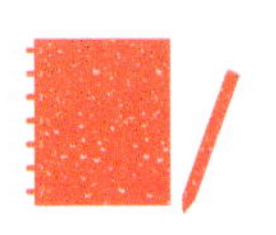

Deixava com Tobias a parte da escrita, o guri mandava bem quando necessitavam de um texto bem escrito e cheio de imaginação.

E agora havia o projeto da nova camiseta e ela o levava muito a sério.

A Escola Divino Saber havia deixado ao encargo dos alunos dos sextos, sétimos, oitavos e nonos anos a escolha da camiseta do uniforme. A disputa se daria por meio de um concurso entre as turmas dos anos finais do Ensino Fundamental. No início, parecia que ninguém iria se interessar, mas Paula começou a abrir o verbo entre os colegas e tornou a disputa meio que uma questão de honra para o nono ano, que se despedia do Ensino Fundamental e do turno da manhã. Os outros anos acabaram gostando da brincadeira e aderiram à disputa.

Ainda faltando duas semanas para acabar o prazo, já havia uns sete ou oito grupos de diversos anos e turmas participando do concurso. É verdade que todos também queriam o prêmio, que consistia em um fim de semana para dez pessoas no melhor hotel da cidade turística vizinha, com refeições e passeios de barco inclusos, além de um novo uniforme para uma das seleções dos times esportivos do ano vencedor. Luísa, Paula e Tobias, que já viviam juntos pra cima e pra baixo, logo montaram uma equipe e passaram a discutir como deveria ser a camiseta. Tinham combinado uma nova conversa para aquela manhã, pois as semanas estavam passando e nenhuma boa ideia parecia aterrissar na cabeça de nenhum deles.

CAPÍTULO 2

LUÍSA HAVIA DORMIDO sobre o *tablet*. Acordou babando e sentiu a tela toda viscosa. Conseguira desenhar parcialmente o que havia sonhado. Além do sono ter pegado forte, mais ou menos uma hora depois de haver começado a desenhar, a lembrança foi sumindo como vapor e a visão desapareceu. Sua mãe já havia chamado duas vezes e ela nem havia lavado o rosto ainda. Teria que matar o banho naquela manhã. O esboço serviria para dar pelo menos uma ideia do que ia em sua mente e do que ela achava ideal para a estampa da nova camiseta do uniforme. Esperava que os colegas também achassem isso. Desceu dez minutos depois já vestida e com os dentes escovados. Havia pão, manteiga, geleia, frutas e leite com chocolate sobre a mesa da cozinha. A mãe, dona Eleonora, continuava tentando fazer com que Luísa se alimentasse antes da escola, mas o máximo que ela conseguia era bebericar um achocolatado. Ainda assim, a mãe insistia todas as manhãs.

– Não vai comer nada?

– De novo, mãe?

– De novo e sempre. Você sabe como é importante a primeira refeição do dia.

– Há controvérsias, eu já li algumas opiniões contrárias a respeito.

– Pode ser, mas você precisa estar bem alimentada pra render na escola e isso, pra mim, é uma verdade inquestionável.

A mãe gostava de usar palavras longas e definitivas.

Luísa achou melhor não discutir. Deu mais um gole no leite e abriu a mochila para dar uma revisada.

– Vai levar o *tablet*? Você sabe o que acho disso.

– Sim, eu sei, mãe, "além do perigo de estragar esse equipamento caro, vai te distrair do estudo" etc., mas andei trabalhando em uma ilustração para a camiseta do colégio e queria mostrar para o meu grupo.

Eleonora olhou a ilustração no *tablet* por alguns segundos e ficou sem dizer nada.

– Mãe?

– Sim, sim. Pode levar o *tablet*, então. Mas que não vire um hábito.

– Pode deixar, precisamos de novas e boas ideias para a camiseta e a Paula tá no meu pé. Aquela menina quando bota uma coisa na cabeça, sai de baixo!

A mãe ficou meditando enquanto secava um prato e Luísa aproveitou a deixa.

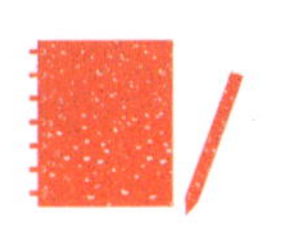

– Então tchau, mãe. Nos vemos à noite. Fico à tarde na escola e volto com os pais do Tobias quando forem buscá-lo. Vamos aproveitar a tarde para botar os papos e alguns trabalhos em dia. Vou saindo porque o ônibus já deve estar chegando.

Eleonora continuava ali enxugando. Não pediu beijo nem abraço naquela manhã ao se despedir da filha e, apesar de Luísa ter estranhado, até gostou de um dia longe daquela melação materna.

CAPÍTULO 3

LUÍSA CHEGOU EM CIMA DA HORA e ainda ficou retida na portaria. Esquecera o crachá em casa e precisou esperar a maior parte dos alunos entrar para conseguir ditar o seu número de matrícula à funcionária para ter o acesso liberado. Entrou na sala da turma 904 na mesma hora em que a professora. Paula e Tobias fizeram cara de interrogação, acenando de suas mesas, mas Luísa gesticulou que não era nada importante. Planejava mostrar o esboço ainda antes do início da aula de Geografia, mas teria que deixar para o recreio.

Os 15 minutos de intervalo não davam para muita coisa. Pelo menos tinham combinado de passar a tarde juntos, mas a ânsia de mostrar o esboço era grande e Luísa levou o *tablet* à área de convivência para partilhar o desenho com os colegas.

Paula e Tobias chegaram juntos e Luísa foi logo avisando:

– Olha, é só um esboço, tenho que acrescentar e finalizar muita coisa, mas acho que a camiseta podia ter essa estampa.

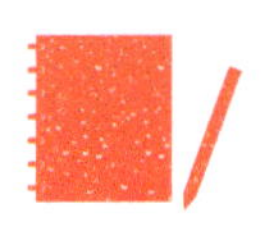

Paula olhou e ficou na dúvida. Tobias ficou quieto.

– E então?

– Não sei não, Luísa – disse Paula –, isso aí parece meio estranho, mas acho que se ainda tem coisas por fazer, pode ser que fique legal. O que achou, Tobias?

– Legal, legal. Achei legal. O desenho tá bom pra mim, acho que podemos aprovar esse conceito para a camiseta.

– Conceito? Ah, o esboço. Sim, se vocês acham que tá bom, vou concordar. Quando consegue entregar o desenho definitivo, Luísa?

– Acho que em dois ou três dias dá pra fazer. Mas vou fazer no papel, acho que vai ficar melhor para termos uma ideia mais precisa do efeito que vai causar quando estampado nas camisetas.

– Ok! Trouxe teu material de desenho? Seria bom já adiantar hoje à tarde. Tô louco para ver o resultado final.

– Logo tu, Tobias, que é sempre tão cheio de paciência. Mas te entendo, eu também quero acabar logo, não sei por que, mas dessa vez me parece mais urgente do que nunca.

– Vocês que sabem, temos duas semanas ainda. Ainda estamos na programação.

Tocou o sinal e os três começaram o retorno para a sala. Tobias ia calado. Paula fazendo planos e revisando prazos. Luísa pensou em contar que a inspiração havia vindo em um sonho recorrente, mas achou melhor contar depois. Quando estivesse com tudo pronto, até com o protótipo da camiseta já com a estampa impressa, contaria aqueles detalhes.

CAPÍTULO 4

A TARDE PASSOU como um raio. Tobias afundou os olhos em um livro sobre a história da cidade na biblioteca e Luísa procurou um lugar isolado para fazer um esboço em papel e com mais detalhes. Paula, percebendo que não ia arrancar nenhum bate-papo daqueles dois, aproveitou para colocar uns temas de casa em dia em uma sala isolada.

Às 18 horas, o pai de Tobias, seu Jerônimo, aguardava o filho e a colega no lugar de costume. Sempre dava carona para Luísa, já que ela morava em um prédio na mesma rua que eles.

Os dois entraram calados no carro. Jerônimo já havia aprendido a não encher o filho e os colegas de perguntas. Lembrava bem daquela fase de não querer pai e mãe perguntando sobre tudo. E também tinha o fato de achar que Tobias tinha uma queda por Luísa e não queria criar uma situação embaraçosa com alguma pergunta ou comentário mal colocados.

Ainda assim achou os dois estranhamente silenciosos naquele dia durante o percurso. Mesmo chegando em casa, resolveu dar espaço ao filho. Conversaria com ele no dia seguinte.

CAPÍTULO 5

NA HORA DE DORMIR, Luísa tinha plena consciência de que algo não estava bem. Uma sensação estranha, como se alguém tivesse colocado uma mão gelada nas suas entranhas. Não conseguia dar um daqueles suspiros longos que ajudam a relaxar e desanuviar a mente. Seus pulmões pareciam não estar dispostos a ser inflados novamente, respirar precisava de um esforço consciente. Talvez alguém descrevesse como angústia, mas era mais que isso. Uma espécie de urgência, de saudade de alguém que nunca vimos, de boca seca por mais que se tome água.

Teve o mesmo sonho, de novo. Acordou na madrugada, já se sentindo melhor, mas com a mesma sensação de que alguém a chamava. Fez como na outra noite e preferiu não dormir. Percebeu que os esboços que tinha feito ainda eram distantes do que vira no sonho. As formas não estavam precisas, havia deixado alguns símbolos de fora e outros não estavam corretos. Mas partir de algo já era melhor do que partir do zero. Pegou seus materiais de desenho e se concentrou. Queria apresentar algo melhor aos colegas no dia seguinte.

CAPÍTULO 6

TOBIAS ACORDOU SE SENTINDO estranho. Não vinha se sentindo bem desde o dia anterior. Não lembrava bem por quê. Lembrava da aula pela manhã e, depois, de encontrar com os colegas no intervalo para falar sobre o concurso. Algo no lanche da manhã ou no almoço na escola não devia ter caído bem no estômago delicado de Tobias. Afundar a cara em um livro a tarde toda, forçando tanto a vista, devia tê-lo deixado enjoado, a vó sempre o advertia disso. Não lembrava nem sobre o que era o livro que gastara de tanto folhear na biblioteca. E como havia ficado o concurso mesmo? Lembrava de um desenho, mas a imagem não estava nítida pra ele. De qualquer forma, encontraria com as duas colegas na escola hoje e pediria para ver o novo esboço que Luísa havia prometido.

No caminho para a escola, seu Jerônimo viu o filho voltar ao comportamento normal, já que desatara a falar sobre as leituras que estava fazendo e sobre como tinham ficado deploráveis algumas versões para o cinema de seus livros preferidos. O menino parecera tão estranho no dia anterior

quando fora buscá-lo. Sabia que ele era calado, mas sempre conseguira dialogar bem com o filho e conversar com ele sobre os assuntos do dia. E, na hora de dormir, sempre se davam um boa-noite. Nada disso havia acontecido desde que o pegara na escola no dia anterior. Queria dar-lhe o espaço que a adolescência exige para resolver seus problemas, mas se o rapaz continuasse com aquele comportamento estranho, teria de tentar alcançá-lo de alguma forma. Felizmente aquilo havia passado.

CAPÍTULO 7

PAULA DECIDIU QUE tentaria tranquilizar Luísa quando se encontrassem na casa dela à tarde. A colega era ligeira e cumpridora de prazos nas tarefas, mas sentiu ela e Tobias agirem de maneira meio estranha na tarde anterior e queria saber o que estava rolando. Se tivesse a ver com alguma má vontade para com aquele concurso, ia ter que rolar um papo motivacional para que entrassem nos eixos. Os dois pareceram tão ansiosos. Talvez tivessem descurtido o concurso e quisessem se livrar logo dele.

E Luísa ela conhecia bem. Apesar daquele estilo "artista no mundo da lua obcecada pela arte" que aparecia quando ela estava em algum de seus projetos de desenho ou pintura, Paula não entendia o porquê da ansiedade ou da urgência dela. Ela parecia fora de si. Ela era o contrário de ansiosa. Mesmo na correria dos projetos e trabalhos para entregar, sempre estava de boa, mas agora aquela ansiedade inexplicável.

Após um bom desjejum, colocaria os pensamentos em ordem e resolveria como atacar a questão no

momento apropriado. Talvez pudesse provocar a amiga com a questão do prazo só pra ver a reação dela e medir seu comprometimento e intenção no projeto. Sim, era uma boa estratégia.

CAPÍTULO 8

LUÍSA NEM QUIS mostrar o desenho para a mãe dessa vez. Havia feito em papel e achou que ficara maravilhoso. O *tablet* permaneceria em casa.

Chegou à cozinha antes que a mãe a chamasse. Fez dois mistos-quentes e depois atacou a geleia passando uma grossa camada em uma fatia de pão de fôrma. Depois do copão de leite com chocolate, descascou e comeu uma banana cheia de apetite.

– Quem te viu e quem te vê, hein, dona Luísa. Resolveu aceitar o conselho da mãe aqui?

– Que isso, mãe, eu só acordei com um pouquinho de fome e nem comi tanto assim.

Deve ser consequência da noite em claro. Só podia ser isso, se esforçava por acreditar.

– Tu sabe que a galera vem aqui em casa hoje à tarde, né? Convidei a Paula e o Tobias para tratar de uns assuntos da escola.

– Sei, sim. Tu avisou ontem. Eu não estarei aqui, mas é capaz que teu irmão esteja. Qualquer necessidade, pede pra ele. Tu disse que a Paula vem, né?

É, acho que ele vai estar, sim. Apesar de estudar à tarde, parece que ele já se livrou dessa matéria.

– Ok, até mais então.

Não entendeu bem o comentário sobre o irmão, mas precisava sair sem demora para não perder o ônibus.

Pegou a pasta que comportava desenhos no tamanho A3 para não amassar a obra-prima criada na madrugada e seguiu para o ponto de ônibus.

CAPÍTULO 9

A MANHÃ FOI INTENSA e Luísa não conseguiu mostrar o desenho aos amigos. Ficaram rodeados de gente o tempo inteiro e ela não queria nenhum grupo concorrente bisbilhotando sua criação. A menina não conseguiu prestar atenção em nada naquela manhã. O pensamento acabava voltando para o desenho e o processo de criação. Sentia que havia captado a alma do que conhecera no sonho. Ainda agora, o sonho permanecia vivo em sua mente.

Acabou voltando de ônibus para casa, pois Tobias tinha uma consulta médica logo após as aulas e a carona ficou impossível. Mas estava tranquila, pois os três se encontrariam na casa dela ali pelas 15 horas.

No almoço comeu, de novo, como nunca e deitou uns instantes no sofá da sala para aguardar os colegas.

Acordou com Marcos sacudindo-a.

– Mana, teus colegas chegaram. Mando entrar?

Luísa abriu os olhos e tentou entender o que estava acontecendo. O guri adorava acordá-la nas

horas mais impróprias. Quando não era tocando aquele ridículo trombone que ele teimava em aprender, era sacudindo-a no bom do sono. Mas lembrava que precisava mesmo levantar. Não sabia onde estava nem que horas eram. Ah, sim, o desenho. O encontro com os colegas. Retomou novamente o rumo dos pensamentos.

– Sim, sim. Manda entrar.

Correu para o banheiro para passar uma água no rosto. Testou o bafo, sob controle.

Queria mostrar logo o desenho aos colegas.

Tentou fixar a mente no trabalho da madrugada anterior, mas algo estava estranho, não lembrava mais do sonho nem do que havia desenhado. Antes tudo estava tão vívido! Como poderia ter esquecido? Esquecer de um sonho até é possível, mas de como era o desenho no qual havia trabalhado durante horas era algo impossível. Imagens eram a sua paixão, não conseguia entender por que aquele desenho vivia desaparecendo de sua mente, que coisa estranha era essa? Decidiu que devia abrir o jogo com os amigos. Alguma coisa estava fugindo do controle. Não saberia como contar aquilo para mais ninguém, só pensava em Tobias e Paula como ouvintes naquele caso. Não duvidariam dela.

CAPÍTULO 10

OS TRÊS SENTARAM-SE NA SALA. Tobias meio que se esparramou no sofá e as duas colegas ocuparam as poltronas. Marcos trouxe copos e uma jarra com água e tentou ficar em volta, mas acabou saindo e deixando os três à vontade. Mesmo sendo um pouco mais velho e já estando no Ensino Médio, ainda curtia saber o que acontecia no Ensino Fundamental. E com a orquestra da escola, da qual participava, acabava se envolvendo com alunos de todos os anos. Até era voluntário para ajudar o treinador de vôlei na equipe do nono ano.

Começaram a conversar quando ouviram o som do instrumento ao fundo, vindo do quarto de Marcos.

– Pessoal, preciso falar com vocês – disse Luísa.

– Não vai me dizer que desistiu? Por que andava com aquela pasta gigante pra cima e pra baixo hoje de manhã, então? Temos um prazo, Luísa, um prazo ainda confortável, mas não podemos perder tempo.

– Deixa ela falar, Paula. Não tá vendo a cara de aflição da menina?

Paula calou-se, emburrada, mas derrotada no argumento.

– Vai parecer estranho o que eu vou dizer, mas é o seguinte: tem alguma coisa errada com esse desenho.

– É só corrigir, então. Do que tu precisa? Algum material, inspiração ou…

– Não é nada disso! – cortou Luísa. – É com o processo, o jeito que esse desenho foi parar na minha cabeça, o jeito como eu me sinto quando fico pensando em como gravar no papel o que tenho na cabeça e o fato, agora, de eu nem lembrar mais dele, de não lembrar o que nem como desenhei.

Paula ficou com cara de paisagem, mas Tobias pareceu mais compreensivo.

– Eu te entendo, Lu. Também senti algo estranho acontecendo comigo depois que olhava pro desenho, parece que minhas prioridades mudavam, que ver o desenho finalizado era a coisa mais importante da minha vida. Fiquei desviando desse sentimento, mas se eu cedesse, era isso que eu pensava o tempo inteiro. E quando acordei hoje, o sentimento tinha passado.

– Isso mesmo! Tu descreveu bem! É engraçado que toda vez que eu durmo esqueço do desenho. E ainda tem o seguinte… – disse Luísa.

– Eu também! Nem lembro mais de como ele era, até queria dar uma olhadinha no teu esboço – concordou Tobias.

– Para lá. Pois eu me lembro muito bem e não senti nada diferente... Vocês estão vendo chifre em cabeça de cavalo! Vão me dizer o que agora? Que o desenho é do mal, do além, de outra dimensão...

Tobias e Luísa não interromperam Paula, mas a cara deles falou tudo.

– Noooossssa! Vocês são muito sem noção mesmo.

– Calma, Paula, eu ainda nem revelei como foi a inspiração para criar essa ilustração. Eu tenho tido o mesmo sonho noite após noite, por sei lá quanto tempo, mesmo antes do anúncio do concurso o desenho já me rondava a cabeça. E é um sonho muito bizarro, eu lembro que é bizarro, mas não consigo lembrar dele até a próxima noite. E acordo toda manhã com alguém chamando meu nome e, quando abro os olhos, não tem ninguém. E se não te causa nenhum efeito, me descreve aí como era o desenho que eu te mostrei.

– Ora, é muito fácil. Tinha assim uns traços e daí vinha bastante cor assim do lado e uns símbolos de uma língua que agora não me ocorre qual é. Pra dizer a verdade, não lembro muito bem mesmo, não tenho ideia de como era.

Agora até Paula pareceu impressionada, o que assustou os colegas, a menina era a razão em pessoa.

– Bom, eu não me impressiono fácil, mas contra fatos não há argumentos. Acho que precisamos dar uma olhada no teu esboço, afinal.

O olhar de todos voltou-se para a pasta que estava em cima da mesa.

– Peraí, não acho uma boa olharmos todos – disse Tobias. – Vamos fazer o seguinte: eu e Paula olhamos. Parece que com a Paula não acontece nada além de ela não conseguir lembrar de como é o desenho. Eu me senti bem estranho, então é bom eu olhar e vocês me interrogam pra ver como eu me sinto. Fica a Lu de fora, pois como é ela quem desenha, é melhor que não seja ela com os impulsos estranhos.

– Tudo bem pra mim – disse Luísa.

– Pra mim também – concordou Paula.

Os dois aproximaram-se lentamente da mesa. Tobias segurou a pasta de pé e teve alguma dificuldade para abri-la. Começou a forçar um pouco ajudado por Paula e a tensão foi crescendo.

– Ei! – gritou Luísa quase matando os dois de susto. – Tentem não amassar.

A cara de Paula foi de cinema, mas Tobias, com um pouco mais de jeito, conseguiu retirar a ponta do desenho. Luísa, mesmo mais distante, virou de costas. Ouviu o desenho deslizando para fora da pasta e Paula cochichando com Tobias.

– Pronto, já guardamos – disse Paula.

– E então?

– Eu não senti nada demais, acho que era viagem nossa – disse Tobias.

– Sentir eu não senti, mas que é um desenho estranho, isso é. E tem algo delirante ali no meio e uns símbolos muito estranhos. Agora que tá mais completo dá pra ver melhor – completou Paula.

– Então acho que se tem algo pra fazer ainda, Lu, tu podia fazer agora, né? – falou Tobias. – Que tal terminarmos o desenho agora e depois levarmos lá na loja que escaneia? Hein? O que acham? Pega lá teu material que eu te ajudo. E logo mais preciso passar na escola. Preciso pegar um livro lá que fala alguma coisa sobre esse desenho, eu lembro de ter lido algo ontem sobre isso. Preciso saber como se pronunciam esses símbolos. Acho que vou lá agora. E o desenho? Por que ainda não começou a dar os retoques finais?

Paula e Luísa se olharam. Tobias nunca era tão agitado assim. Parecia mais do que agitado, urgente, nervoso mesmo.

– Senta, Tobias – disseram quase ao mesmo tempo.

– Que sentar o quê! Não ouviram o que eu disse?

– Ouve o que tu tá dizendo. Alguma coisa tá muito anormal, guri! – disse Luísa.

– Eu não acho. Tá tudo normal comigo. Vocês é que tão fazendo corpo mole. Paula, não era tua a tarefa de manter o grupo unido e todo mundo animado na linha de produção?

– Vou fazer isso.

Paula pegou a jarra que estava pela metade e jogou a água no rosto de Tobias. O silêncio se tornou constrangedor por alguns momentos.

Finalmente Tobias sentou.

– O que tá acontecendo comigo? – falou o rapaz, desconsolado.

– Nada que a gente não resolva – disse Paula. – Vamos dar um tempo nesse projeto. Agora que o desenho tá quase pronto parece que o efeito tá mais forte. Cada um vai pra sua casa e...

– Não. De jeito nenhum, eu não sei como vai ser o sonho desta noite, agora que vi que a coisa é séria tô até com medo de dormir.

– Pois eu preciso dormir pra ver se esqueço, ao mesmo tempo que tô aqui falando com vocês sinto a urgência do desenho me chamando, é muito angustiante – disse Tobias.

– Então vamos fazer assim: eu durmo aqui na casa da Lu e fico de olho nela na madrugada. Tobias vai pra casa e trata de dormir o quanto antes pra ver se melhora – disse Paula.

– Pra mim tá bom. Vou dormir assim que escurecer. Mas, antes, vou aproveitar que essa coisa tá na minha cabeça e escrever os pensamentos que estou tendo. Talvez algo seja útil caso a gente tenha que ir mais a fundo nessa história. E preciso lembrar qual é esse tal livro que eu consultei ontem na biblioteca.

– Beleza, então eu vou ligar pra minha casa e ver se minha mãe me libera pra dormir aqui. E amanhã eu vou dar um jeito de esconder esse desenho maldito num lugar que nenhum de vocês dois vai encontrar – completou Paula. – Nos vemos amanhã na escola. E já avisem em casa que de tarde vamos ficar por lá para acabar um trabalho.

CAPÍTULO 11

A NOITE E A MADRUGADA não foram das melhores. Nem Paula nem Luísa dormiram de verdade. Além de demorarem para dormir, colocaram o despertador do celular para tocar a cada hora. A intenção era que não chegassem a penetrar naquele ponto do sono no qual os sonhos se tornam profundos. Só esqueceram que era também nesse ponto que o descanso real acontecia. Acordaram acabadas, como se tivessem levado uma surra ou corrido uma maratona. E ainda teve aquela hora, no meio da madrugada, em que as meninas chegaram a sentir uma espécie de presença estranha. Foi quando o relógio tocou 3 da manhã.

– Nossa, Luísa, não aguento mais esse despertador. Luísa? Acorda aí, menina. Lembra o que combinamos?

Paula levantou-se do colchão no chão ao lado da cama de Luísa. A amiga estava deitada, imóvel, com os olhos bem abertos e fitando o teto. De repente, começou a gesticular como se estivesse desenhando algo no ar.

– Acorda aí, Luísa. Acorda, ACORDA.

– Não grita, Paula! Por que você tá gritando?

– Você tava com uns olhões de zumbi e desenhando no ar. Por um momento achei que ia começar a levitar como naqueles filmes de terror. E o pior. Eu tive a nítida sensação de que alguém ou alguma coisa estava no quarto com a gente.

– Não duvido de nada. Ainda bem que acordamos, então. Tá sentindo algo agora?

– Acho que não.

– Então vamos, pelo menos, tentar descansar um pouco. Esse negócio de acordar de hora em hora tá me deixando moída.

E na hora certa estavam se aprontando para a escola e descendo para o café da manhã.

Dessa vez, Luísa voltou aos velhos hábitos e só tomou uns goles do achocolatado pra ver se espantava o sono. Paula espantou o sono comendo muito. Para o gosto da mãe de Luísa.

– É assim que eu gosto, Paula. A primeira refeição do dia é a mais importante, eu sempre digo pra Luísa.

Luísa só resmungou e rolou os olhos pra cima.

– Além do mais, vocês devem ter ficado a noite inteira de papo, tão com umas caras de defunto.

– É, a gente botou a conversa em dia, tia Eleonora.

– Não tenho nada contra, mas não durmam em sala de aula, por favor. Sejam responsáveis com os estudos, ok, meninas?

– Sim – responderam as duas. Paula com um sorriso e Luísa com os olhos rolando de novo.

Conseguiram chegar cedo dessa vez. Encontraram Tobias com um humor bem melhor.

– Beleza, meninas? Como foi o sono?

– Terrível! – disse Paula.

– Quase não pregamos o olho – completou Luísa. – E com um ou outro sustinho na madrugada, deu tudo certo.

– Ótimo. Comigo também deu tudo certo, mas dormi que nem um anjo. Tirei a impressão do desenho da minha mente. Quase não dá pra acreditar que poucas horas antes não conseguia deixar de pensar nele.

– Maravilha. Vou aproveitar o recreio de hoje para dar um jeito nele – disse Paula, apontando para a pasta. – Até pensei em queimar, mas quero descobrir mais coisas sobre essa história antes de tomar uma medida drástica dessas. Vou esconder em algum lugar aqui da escola. Ou seja, na hora do recreio não me esperem.

– E eu vou na biblioteca furungar. Acho que o tal livro pode nos ajudar de alguma forma a descobrir esse mistério. Se não conseguirmos nos falar durante a manhã, nos vemos na hora do almoço lá na cantina do segundo andar. Combinado?

– Combinadíssimo.

Paula escolheu a sala de artes para esconder o desenho. Que lugar melhor para esconder uma palha do que um palheiro? Mas fez questão de colocar a pasta atrás de um armário pouco usado e de difícil acesso. Deu um certo trabalho arredar o pesado móvel e depois colocá-lo no lugar novamente, mas valia a pena se fosse pra deixar aquele troço longe da vista dos amigos. Ao sair da sala, teve que disfarçar o motivo de sua presença naquela parte da escola naquele horário. Teve a impressão de que o pessoal da enfermaria, que ficava ali perto, ficou cuidando o que ela fazia, mas quando passou por eles não comentaram nada e concluiu que era só impressão sua.

Tobias revirou a seção de História da biblioteca. Lembrava que o livro tinha a ver com a história da cidade, mas não achou nada lá. Completaria a busca à tarde.

Luísa estava bem, mas sentia algo faltando. O sonho não a atormentara na madrugada, mas ela sentia que devia estar em algum lugar em que não estava, ou que deveria estar fazendo algo e, no entanto, estava ali, vendo os 15 minutos de recreio passarem sem que ela soubesse como sentir-se melhor. Precisavam descobrir algo de tarde que

fizesse sentido e que os deixasse voltar à vida de antes, em que ela desenhava o que queria sem ter que se preocupar com sonhos malucos, dores de cabeça e mentes controladas. Contava com os amigos mais do que nunca. Sentia-se podada não podendo dar asas à imaginação através do desenho e da arte.

E o pior era que não tinha vontade de desenhar nada que não fosse o sonho que já não lembrava mais qual era.

Comeram em silêncio. Todos concordaram implicitamente que precisavam de normalidade no almoço ou a comida não desceria como deveria. Quando já estavam todos satisfeitos, Paula puxou o assunto.

– Tobias, relatório!

– Calma, Paula! Tua frase seria hilária se a situação não fosse tão séria. Tá pensando que é o Capitão Kirk, é? – replicou Tobias.

– Deixa de piada, guri, achou ou não o livro? – revidou Paula.

– Achar não achei, mas já sei onde não procurar mais.

– Grande porcaria. Nenhuma resposta, então – cortou Luísa.

– Pelo menos eu consegui esconder o desenho. E o senhor Filch nem viu eu me esgueirando pelos corredores.

– Senhor Filch? Quem é esse? – perguntou Luísa.

– É o apelido que eu dei pro velho Galileu, o mais antigo zelador e mala aqui da escola, por causa do zelador de Hogwarts lá dos livros do Harry Potter. Ele bem que lembra o velho Filch, pelo menos na chatice.

– Ah, sim. Ele eu conheço bem, já tentou me meter em encrenca umas duas ou três vezes. Fiquei sabendo que sugeriu que eu até fosse expulsa. Claro que a direção não deu bola. Ele é um mala mesmo.

– E por falar em livro, eu não desisti do nosso. Vamos para a biblioteca que eu talvez consiga achar se vocês me ajudarem.

CAPÍTULO 12

NA BIBLIOTECA, Tobias parecia alucinado em comparação com a calma que apresentava habitualmente. Revirou a outra metade da seção de História com grandes esperanças de encontrar o livro, mas sabia que estava deixando alguma coisa passar. Pouco conhecia daquela seção. Frequentava mais as de literatura, especialmente fantasia e poesia. Luísa e Paula só observavam.

– E então? Não querem me dar uma ajuda? Se procurarem comigo, talvez eu encontre mais rápido.

– Mas se não sabemos nem do que se trata. Só vi você revirando a parte que conta a história da nossa cidade, mas não sei o que espera encontrar – disse Luísa.

– Pois é. E nem tocou na seção que fala da história da escola, e olha que nossa escola tem história, hein, mais de cem anos – disse Paula.

– O que você disse? Tem uma seção só com a história da escola? – questionou Tobias. – Eu sabia que estava deixando passar algo.

– Sim, me admiro que tu não conheça já que vive enfiado aqui – respondeu Paula. – Fica mais lá no fundo. São uns livros mais antigos.

– Mas, então, é pra lá que eu vou! – falou Tobias, mais alto do que esperava e percebendo os olhares dos outros alunos na biblioteca.

Uns 10 minutos depois, Tobias se aproximava da mesa das meninas com cara de triunfo e um livro nas mãos.

– Achei o bendito. São vários volumes organizados em ordem cronológica. Mas foi esse que me trouxe alguma coisa na lembrança.

– E ele vai nos ajudar? – perguntou Luísa.

– Acredito que sim.

Sentaram uma de cada lado de Tobias e começaram a explorar o livro. Era um livro antigo, de aproximadamente cem anos. Continha diversas informações no estilo almanaque, acontecimentos relevantes da escola, recordes estudantis, notícias de jornal citando a escola, entre outras formas de destacar a instituição e os feitos dos alunos e professores. Folhearam as primeiras páginas e viram várias notícias sem importância e algumas datas históricas. Mostrava também os diretores e professores de determinados períodos e falava de contribuições que empresários fizeram para as melhorias dos prédios etc. Quando já estavam quase desanimando, encontraram, próximo ao fim do volume, uma notícia de

duas páginas sobre uma grande briga no interior da escola que teve até gente ferida gravemente. Alguns alunos fizeram uma espécie de concurso artístico e houve divergência quanto aos critérios adotados para a premiação. Não se sabe como, alguém pareceu ter estourado uma bomba caseira que destruiu parte de uma das janelas da sala de artes e se instaurou uma espécie de caos entre os alunos. Além de parcialmente queimada, a sala ficou com um tom arroxeado por dentro que se acreditou ter sido causado pelo vazamento de algum gás proveniente da queima de tintas na explosão. Houve também reclamações de um barulho ensurdecedor e agudo vindo do entorno da sala.

Após Tobias ter lido a notícia, em um volume apropriado para uma biblioteca, mas bastante audível, ficou pensando por um tempo.

– Você acha que isso é importante, Tobias? – perguntou Paula.

– Não sei, mas lembro de ter lido isso naquele dia.

– Gente, é claro que é importante! Foi cem anos atrás e teve um concurso artístico, que nem tá tendo agora. O nosso é um concurso de camisetas, mas, no fundo, é a mesma coisa. É óbvio que é importante! Diz algo mais na notícia? – perguntou Luísa.

– Não, só isso. Mas espera aí. Tem uma anotação aqui no pé da página: "Para saber mais sobre o desenho, pedir informações ao guardião do Livro".

– Viu! Sobre o desenho! O mesmo desenho que está tirando nosso sono, só pode ser! – disse Luísa.

– É, até pode ser – concordou Paula. – Mas quem é esse guardião? Será a bibliotecária?

– É uma possibilidade – disse Tobias.

– Vamos lá falar com ela – decidiu Luísa.

Bateram à porta da sala onde a bibliotecária ficava boa parte do tempo.

– Pode entrar.

Era uma moça jovem e sorridente. E parecia feliz em vê-los.

– Oi! – disse Paula. – Precisamos de uma ajudinha.

– Claro, claro. Estão procurando algum livro ou indicação de livro? Quem sabe sugerir a aquisição de algum que ainda não temos? Ou querem ser voluntários para as atividades da biblioteca?

– Bem, é sobre um livro, na verdade – disse Tobias. – Mas antes temos uma pergunta: a senhora é o "guardião do livro"? – levou uma cotovelada na costela pela Luísa. – Guardiã, eu quis dizer guardiã.

– Já me chamaram de muita coisa, até de velha coroca, mas acho que guardiã ainda não tinha ouvido.

– É que, olha só – disse Paula –, nós queríamos saber se a senhora pode nos ajudar a saber onde buscar essa informação.

Mostraram o livro e a observação escrita à caneta no pé da página.

Juliana, a bibliotecária, franziu o cenho e depois voltou a sorrir.

– Provavelmente é brincadeira de algum aluno que não entende que não se deve riscar os livros da biblioteca. Ainda mais um antigo desses, que conserva a história de nossa escola. Acho que seu Galileu tem razão, deveríamos colocar esses também na sala de livros raros e cuidar mais o acesso a eles. Eu que resisto um pouco a essa ideia, gosto dos livros sempre disponíveis.

Luísa olhou para os colegas, que corresponderam ao olhar, e precisou perguntar.

– Mas o seu Galileu não é aquele funcionário da limpeza ou algo assim? O que ele tem a ver com os livros?

– Ele é um funcionário da manutenção, na verdade, mas é também mais que isso. Nunca vi um homem tão preocupado em preservar a história da escola e registrar as datas e acontecimentos importantes. Tanto ele quanto o pai foram alunos aqui, sabiam? Até professor ele foi aqui na escola, por um breve período. E ele teve oportunidade de sair e fazer outras coisas, mas sempre fez questão de ficar. Quando foi demitido, há muitos anos, numa época de crise econômica, implorou para ficar em qualquer colocação e acabou como um dos responsáveis pela manutenção. E eu só sei disso porque ele mesmo me contou em uma das vezes que veio consultar e organizar os livros dessa seção que vocês consultaram. Uma pena que tenham riscado o livro, mas, se depender de mim, vão continuar lá na estante. Precisam de mais alguma ajuda?

– Não, já nos ajudou bastante, eu acho – disse Tobias.

Os três saíram de fininho e, com exceção de Paula, pareciam desanimados.

– Outra pista falsa – disse Tobias.

– Talvez sim, talvez não, Tobias – disse Paula. – Grande chance de o Galileu ser o guardião. Difícil de acreditar para quem o vê aí pelos cantos implicando com os alunos, mas muito provável. Gostar da história da escola, cuidar desses livros com paixão, fazer questão de permanecer por perto. Sei não, acho que vamos ter que enfrentar o homem.

– Não nego que seja possível, mas o Galileu é muuuito chato e desinteressante, não pode ser o tal guardião – disse Luísa.

– Ainda assim vamos ter que encarar o homem. Querem passar por mais uma noite de insônia e medo por causa desse desenho louco?

– Ok, vamos lá – disse Tobias. – Mas precisamos de reforços. Teu irmão não tá aí pela escola, Luísa? Ele é mais velho e mais fortão, deve botar mais respeito no Galileu.

– Esperamos o recreio da tarde e falamos com ele. Se der, ele mata os últimos dois períodos e nos ajuda.

CAPÍTULO 13

GALILEU PODIA SENTIR NOS OSSOS que algo estava acontecendo.

"Bem que eu vinha observando que o clima andava diferente aqui na escola. Bem como eu previa. E, pra confirmar, aqueles pirralhos andavam por aí furungando as coisas e os livros. E eles pensam que eu não sei, mas eu vejo tudo. Sempre achei que aquela menina que desenha parecia a candidata perfeita para fazer tudo acontecer, ainda mais agora, andando com aquela pasta pra lá e pra cá. O quadro quase se fecha com aquela outra mandona e o menino que gosta de ler. Sim. São os candidatos perfeitos. Agora só falta mais um. Mas eu não vou deixar acontecer de novo. Não vou, não. Meu pai bem que me avisou. Acho que agora chegou a hora mesmo, não vou deixar dar tudo errado de novo. Ele disse que seria em cem anos, em cem anos. Agora. Dessa vez eu estarei preparado como ele não estava. E aqueles pirralhos não vão estragar tudo. E depois posso passar o bastão para outro, ou pra mais ninguém se eu fizer a coisa certa."

CAPÍTULO 14

ENCONTRARAM MARCOS SAINDO do banheiro. Ele ficou todo sem graça. Ainda fechava o zíper da calça *jeans*.

– Marcos! – gritou Luísa. – Precisamos da tua ajuda. Tem como matar os últimos dois períodos pra nos dar uma força numa situação aí?

– Eu ia pra casa. Não tenho nada importante nos dois últimos. No que vocês se meteram? Acham que eu não sei que tão aprontando algo?

Foi a vez de os três ficarem sem graça. Mas Paula tomou a palavra.

– Bem, eu te conto, mas tem que esperar eu chegar no fim antes de dizer que não acredita. Pode ser?

Talvez Marcos nem desse bola se outra pessoa pedisse ou se fosse em outra época do ano, mas tinha tempo e, é verdade, algum interesse em conversar com Paula, de forma que aceitou.

E Paula contou tudo, ainda que os outros dois protestassem em alguns momentos do relato. Quando Paula chegou ao fim, Marcos ficou com uma cara estranha.

– Traduz pra nós, Luísa. Que cara é essa que teu irmão tá fazendo? – perguntou Tobias.

– E eu sei lá! Esse guri é uma incógnita pra mim.

– Tá bom – respondeu Marcos, finalmente. – Mas se alguma coisa encrencar, nós saímos da escola e falamos com o pai e mãe. Certo, Luísa?

– Pra que falar com o pai e a mãe? Não tem nada a ver com eles, é um assunto nosso...

– Deixa, Luísa. Vamos fazer como teu irmão tá falando, depois a gente vê como fica – disse Paula enquanto piscava discretamente para a amiga.

CAPÍTULO 15

PERCORRERAM DEVAGAR O ESTRANHO labirinto de salas que ficava em um prédio baixo meio escondido nos fundos da propriedade da escola. O prédio era cheio de depósitos, salas de equipamentos e coisas do tipo. E uma delas era a sala da manutenção em que ficava Galileu, pelo menos foi o que disseram os outros funcionários que a meninada encontrou no caminho. A porta estava fechada, mas vinha som de dentro, um rádio, com certeza. Demoraram a criar coragem de bater à porta. Por fim, Paula deu três batidas secas.

Resmungos e pés se arrastando.

Galileu abriu a porta. Os quatro encararam o homem um pouco receosos. Depois de alguns segundos de *encaramento*, que pareceram uma eternidade, o silêncio foi quebrado.

– Quem é ele? – disse Galileu.

– Ele quem? – perguntou Tobias.

– ELE! – repetiu Galileu, apontando para Marcos com o polegar.

– É meu irmão – disse Luísa, relutante.

– Por que trouxeram ele? – perguntou Galileu, irritado.

– Pra nos proteger? – sugeriu Luísa, mais relutante ainda.

– Pronto! Agora o rolo tá completo! Entrem logo, então. Não fiquem aí com essas caras de cachorro abandonado – disse Galileu.

Era uma sala apinhada de materiais de toda espécie e livros, muitos livros. Paula não resistiu e teve que perguntar:

– Esses livros não deveriam estar na biblioteca?

– Alguns sim, outros não, mas, de qualquer forma, são de maior utilidade pra mim do que para os pestes dos alunos. Mas vamos ao que interessa, aproveitem para saber no que vocês se meteram.

Luísa não estava gostando da atitude antipática do homem e também se sentiu no direito de ser rude.

– Olha, só estamos aqui pra ver se tu é o tal "guardião do livro", por mais ridículo que isso seja. Eu sei que tu não gosta dos alunos daqui, especialmente de mim, já que tentou dar um jeito de me expulsar da escola mais de uma vez. Então, diz aí o que tu sabe e não nos enche mais a paciência com teu mau humor.

– Esquentadinha a menina, hein! Respondendo então: sim, eu sou o tal guardião, vocês vieram ao lugar certo.

De repente, ficaram todos quietos, não sabiam como começar ou o que perguntar.

– Enquanto vocês recuperam a habilidade de falar, vou dar um panorama da situação. A menina que desenha aí andou tendo uns sonhos e botou o sonho em forma de desenho no papel. Vocês, com exceção da guria que manda e do guri protetor, ficaram grandemente influenciados pelo desenho e só pensam em terminar o maldito. O guri que escreve teve a forte necessidade de procurar um livro na biblioteca e vocês acabaram chegando até mim. Apesar de tudo isso ter acontecido, vocês não têm ideia do que se trata essa louca obsessão por um desenho idiota.

Ficaram todos com cara de bobos, com exceção de Marcos, que ficou com uma cara de assombro, já que recém tinha ouvido a história e ficou com a impressão de que ela não devia ser tão absurda, já que aquele homem sabia do assunto sem que ninguém contasse pra ele.

– Agora que dei a explicação geral, quem pergunta sou eu: em que ponto está o desenho e onde está neste exato momento?

– Tua explicação foi muito ruim, apesar de ser verdadeira. Não te contaremos nada enquanto não nos explicar DE VERDADE o que é esse desenho estranho que atormenta nossas vidas nos últimos dias – disse Paula, quase gritando.

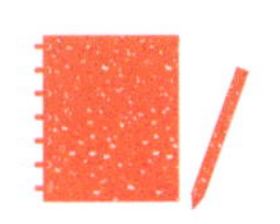

Depois de quase um minuto inteiro de olhares duros de ambas as partes, Galileu concordou.

– Ok, garotos, parece justo. Mas primeiro tenho que estabelecer alguns conceitos básicos com vocês. Primeiro: não estamos falando de seres malignos por natureza, não no sentido religioso, pelo menos. São seres com outro conjunto de valores, seres que não são da nossa dimensão. Admito que Isso possa não fazer sentido em um primeiro momento e então precisamos estabelecer o conceito dois. Saibam que existem outras dimensões e que são regidas por leis completamente diferentes das nossas, é um outro sistema de regras, um outro entendimento de bem ou mal, e até a total ausência deles.

Deu alguns segundos para que digerissem as novas ideias.

– Então, explicando melhor essa confusão toda: os sonhos da Luísa estão nos colocando em contato com uma dessas outras dimensões, não de seres malignos ou sobrenaturais, apenas seres diferentes, mas certamente mortais para nós. Seres que trariam o caos total se viessem para a nossa dimensão. Por isso tento evitar a todo custo que esse evento aconteça de novo. Eu já sabia que a colega desenhista de vocês se enquadrava no perfil de possível "abridora" do portal, tanto que tentei de todo jeito que ela saísse da escola, para a proteção dela e da nossa dimensão inteira, mas não obtive sucesso.

Não podia sair por aí contando qual, de fato, era o motivo, então tentei afastá-la por outros meios. E vocês devem estar se perguntando como eu sei de tudo isso. Bom, além de possuir o livro que contém algumas explicações mais detalhadas, eu conheci quem escreveu o livro, ele era meu pai. E me deu essa ingrata missão de ficar de olho na escola e na abertura do portal.

– E podemos ver o livro? – foi a vez de Tobias falar.

– É claro que não. Especialmente você, Tobias – respondeu Galileu. – Falei do desenho da Luísa, mas existem mais pessoas que participam da abertura do portal para essa outra dimensão. A anotação no livro diz que são quatro os participantes: a menina que desenha, o menino que lê, a menina que comanda e o menino que protege. Agora entendem por que reclamei de o irmão maior estar junto do grupo, com ele o quarteto se completa. Além do desenho, existem símbolos a serem recitados durante a passagem, e no livro estão descritos os símbolos e a forma correta de pronunciá-los. Por isso dei um jeito de deixar uma isca lá na biblioteca, mas não deixei o livro. Precisava saber quem o procurava, mas não posso deixar que o veja. Se o desenho estiver pronto e você souber recitar os símbolos, estamos perdidos. Algumas outras condições são necessárias, mas espero que não cheguemos a esse ponto.

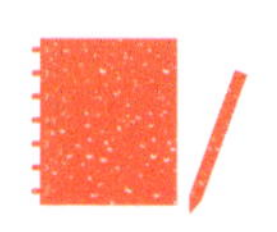

– Por que justamente agora? – perguntou Paula.

– Olha, isso não é uma ciência exata, mas a informação é que a cada cem anos a possibilidade de abertura do portal se renova, mas não sei se do outro lado o tempo é o mesmo, tudo é diferente do outro lado. Sabemos que tem algo a ver com a energia necessária para cruzar as dimensões, que precisa ser acumulada por mais ou menos cem anos. Há cem anos meu pai era o desenhista e a melhor amiga dele era a leitora. Quando perceberam o que estava acontecendo, conseguiram impedir a passagem, mas a amiga não sobreviveu. Eles foram quase longe demais da última vez, um pouco do caos do outro lado vazou pra cá e a coisa ficou feia. Meu pai nunca se recuperou completamente. Acabou se dedicando integralmente ao estudo do que aconteceu. Isso a notícia não dizia, não é verdade?

– Não, não dizia. A coisa é mais séria do que a gente pensava. Mas como nos livramos disso? – perguntou Luísa.

– Em que ponto está o desenho? E mais importante: Onde ele está? – perguntou Galileu.

– O desenho está praticamente pronto, mas só a Paula sabe onde está – disse Luísa.

– Está bem escondido – completou Paula.

– Pois sugiro que o traga para queimarmos juntos o maldito. Podemos nos livrar disso tudo pelos próximos cem anos ou para sempre, se tivermos sorte – disse Galileu.

– E por que não queimamos o livro também? – disse Marcos, participando da conversa pela primeira vez.

– Se eu tenho as informações, mais alguém pode ter. Informação é poder; se temos o livro, podemos encontrar uma maneira de impedir a passagem caso ela saia do nosso controle – disse Galileu.

– Bom, venham comigo pegar o desenho, então. Tô louca pra queimar o desgraçado – falou Paula.

CAPÍTULO 16

SUBIRAM ATÉ A SALA DE ARTES em silêncio. Todos estavam em um estado de tensão quase insuportável. Galileu abriu a sala com a chave da manutenção e deixou todos entrarem. Paula se dirigiu até o armário e fez certo esforço para arredá-lo. Marcos fez menção de ajudá-la, mas Paula fez sinal de que não precisava. Com o armário arredado, a menina colocou a mão atrás dele e retirou a pasta que continha o desenho. A tensão pareceu aliviar um pouco. Paula colocou a mão dentro da pasta, mas avisou, com um sorriso:

– Não vou tirar, só quero conferir se está tudo certo.

O sorriso sumiu do rosto da menina.

– Gente, não tem nada aqui dentro.

CAPÍTULO 17

VOLTARAM TODOS PARA A SALA de Galileu meio atordoados ao imaginar que deveria haver mais alunos envolvidos com o desenho e com tudo que ele representava. Galileu foi na frente, decidido. Os outros o seguiram com cara de desespero. Seria engraçado se alguém os observasse naquele momento, aqueles quatro alunos seguindo um dos funcionários mais odiados da escola, um funcionário que sempre andava pelos cantos resmungando e denunciando alunos por bobagem e que agora parecia outro. Ereto, vigoroso, quase simpático. Assim que entraram na sala, pareceu que o caos que tanto temiam havia chegado: falaram todos ao mesmo tempo e em volumes variados. Depois que botaram a frustração para fora, Galileu tomou a palavra.

– Pessoal, não adianta entrar em desespero. Vamos pensar no próximo movimento. Eu já imaginava que havia mais gente envolvida nisso, ou vocês acharam uma coisa normal esse concurso de novo uniforme? Talvez vocês tenham achado coisa de rotina porque não sabiam de tudo que sabem agora, mas eu fiquei com um pé atrás desde o início.

Nossa escola é bacana, mas conservadora nos costumes, nunca deixaria a escolha da "cara da escola" na mão dos alunos. Vocês andam de uniforme pra cima e pra baixo todo dia e não só aqui dentro, mas em todo lugar. Imaginem se a camiseta escolhida acaba sendo uma bizarrice qualquer. Iríamos ser motivo de chacota na cidade. Eu já tinha fortes suspeitas de que era só uma maneira de motivar o pessoal a desenhar e preparar a vinda do Caos para o lado de cá. Mas já está ficando tarde e vocês têm que ir embora.

– Que é isso, Galileu? – falou Paula – Nós não saímos daqui enquanto não resolvermos esse rolo!

– Saem sim – retrucou Galileu. – Vão pra casa que eu vou revirar esta escola de cabo a rabo para tentar achar o desenho. Só espero que ele não tenha esse efeito hipnótico em mim também. A sorte é que sou péssimo em desenho, então não corremos o risco de que eu desenhe os detalhes finais.

– Mas, então, mais alguém pode completar o desenho? Eu achei que o desenho era só eu que podia fazer – disse Luísa.

– Sim e não. Se você já fez a maior parte, como vocês me disseram, o "outro lado" pode influenciar mais alguém a fazer pequenos ajustes e acabamentos, se é que já não fez isso. Da outra vez foi assim também, na verdade foi muito parecido com o que está acontecendo agora, mas por algum motivo a força para efetivar a passagem não foi suficiente.

E se nós aprendemos isso, eles também devem ter aprendido. Mas agora vão pra casa que eu preciso esperar os professores e funcionários irem embora pra começar a busca.

– Só mais uma coisa – perguntou Tobias. – E mais alguém pode saber ler os tais símbolos também?

Galileu fez cara de preocupação e se levantou da cadeira fajuta onde estava sentado. Parecia claro que ele não queria responder à pergunta e acabou lembrando o velho Galileu emburrado, mas, por fim, teve que responder.

– Sim, alguém mais pode saber, não da mesma forma instintiva e, vamos dizer assim, "mágica" que tu, mas se alguém vem estudando, assim como eu tenho feito, é possível que saiba, e se esse pessoal se juntar, é bem capaz de fazer a passagem acontecer. Ou tentar. Mas, pelo menos, sabemos onde vai ser. Tudo vai acontecer, se acontecer, na sala de artes, assim como foi há cem anos.

Não havia nada mais a ser dito.

Enquanto saíam da escola para deixar Galileu começar a tarefa ingrata de procurar o desenho, decidiram que nenhum deles devia passar a noite sozinho. Paula e Luísa passariam a noite juntas, de novo, mas dessa vez na casa de Paula. E Tobias iria para a casa de Luísa para que Marcos ficasse de olho nele. Utilizariam o pretexto de reforço e estudo em grupo para as provas finais.

CAPÍTULO 18

LUÍSA E PAULA TIVERAM uma noite difícil. Tinham medo de dormir, de forma que quase não pregaram o olho e, nas vezes que Luísa conseguiu dormir um pouco, Paula logo a acordou para que não sonhasse. As horas passaram devagar, mas o horário de voltar à escola finalmente chegou. Era palpável o mau humor das duas pela manhã, mas estavam, também, ansiosas para ver como havia sido a busca de Galileu. Não aguentariam muito naquele ritmo. Esperavam que, ao queimar o desenho, o pesadelo acordado e o sonho maluco acabassem, mas perceberam que nada garantia que o lado do Caos não a continuasse influenciando para que desenhasse de novo. Precisavam debater isso com o Galileu também.

Marcos e Tobias estavam preocupados, mas conseguiram dormir. Visto que Tobias não vinha tendo nenhum sonho maluco, acharam que dormir não seria um problema. Apesar disso, a companhia era bem-vinda, sabe-se lá o que os seres do outro lado tentariam em um momento de desespero. De qualquer forma, era aconselhável que Tobias chegasse

com alguém à escola. Caso algum outro aluno que estivesse em conluio com essas forças do Caos viesse tentar algo com ele, teria Marcos a protegê-lo.

CAPÍTULO 19

A MÃE DE PAULA a deixou na frente da escola com as recomendações de sempre. As meninas subiram a pequena escadaria que levava ao portão principal se arrastando. Respiraram fundo e passaram os crachás pela catraca da entrada. Dirigiram-se ao corredor principal que levava às salas de aula do Prédio 1, no qual elas estudavam, e perceberam algum tipo anormal de movimentação na escola. A sala do Grêmio Estudantil, GEEDiS, ficava no fundo do corredor e alguém parecia fazer algum tipo de distribuição aos alunos. Paula estremeceu quando viu uma aluna se aproximar. A menina ajeitava a camiseta nova recebida. Assim que Paula percebeu que a camiseta trazia estampado o desenho de Luísa, já era tarde demais.

Dezenas de alunos começaram a colocar as camisetas e, ao olharem uns para os outros, já mudavam o olhar. Os olhos ficavam vagos e indiferentes. Paula logo lembrou dos zumbis dos filmes de terror, não aqueles sanguinários, mas aqueles que perdiam completamente o domínio sobre si mesmos e estavam

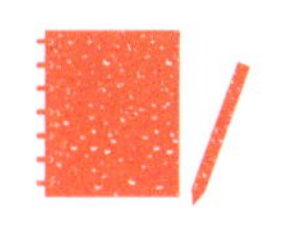

prontos para obedecer a qualquer ordem que lhes fosse dada. Engoliu em seco e começou a perceber que, pior que o pesadelo de Luísa, era aquele pesadelo real que estava começando ali mesmo, onde eles estudavam e passavam várias horas por dia. Sentiu-se subjugada, atacada no seu lugar de segurança e desprovida de forças para revidar. Mas o desespero veio ainda mais forte quando Paula resolveu olhar para Luísa e encontrou o mesmo olhar perdido e alheio. Pensou em gritar e sacudir a amiga, mas se o desenho já estava ali, estampado nas camisetas, talvez fosse tarde para todos eles. Pareceu faltar-lhe o chão, suas pernas fraquejaram e pensou que iria desmaiar. Só conseguiu retomar o fôlego quando percebeu tudo o que estava em jogo. A multidão de alunos aumentava e eles se dirigiam para diversas partes da escola, espalhando a mensagem visual. Ao aproximar-se da sala do grêmio, na intenção de tirar satisfações, viu o tamanho do possível estrago: centenas de camisetas empilhadas ocupavam boa parte da sala. Não demoraria muito para que os mais de mil alunos do turno da manhã, e talvez até os professores, desfilassem com aquela camiseta. Dentro da sala havia somente uma pessoa que não parecia afetada, mas era a mais atribulada. Paula reconheceu a auxiliar de enfermagem que a seguiu com o olhar no dia anterior quando foi esconder o desenho. Marisa, a nova funcionária, era quem comandava o espetáculo de terror. Quis gritar com ela e repreendê-la, mas não teve tempo. Sentiu alguém segurá-la fortemente ao mesmo tempo que colocava um pano com um cheiro forte sobre seu nariz e boca. Em segundos, a menina desmaiava e a enfermeira só sorria, satisfeita. O Caos se aproximava e ela havia sido fundamental na abertura da passagem interdimensional.

CAPÍTULO 20

TOBIAS E MARCOS ACORDARAM atrasados de tanto que dormiram. A noite havia transcorrido sem problemas. Pegaram o ônibus e chegaram cerca de cinco minutos após o sinal ter batido. Geralmente teriam que dar explicações do porquê do atraso, no caso de Tobias, mas não havia ninguém na recepção. Entraram sem dificuldades após passarem o crachá nas catracas e estranharam a ausência de funcionários naquela parte da escola. Tobias viu um cartaz colado na parede e chamou Marcos. Para o estranhamento dos dois, o cartaz tinha uma mensagem curta, mas de grande importância para eles que sabiam o que vinha acontecendo.

Caros alunos,

A escolha da nova camiseta para o uniforme da escola já foi feita e ela se encontra disponível para ser retirada gratuitamente no Geedis – Grêmio Estudantil da Escola Divino Saber.

Atenciosamente,

A Direção

– Mas como já escolheram a camiseta? Ainda temos mais de uma semana de prazo para apresentar as propostas pelos grupos! – disse Tobias, indignado.

– Isso não tá me cheirando bem! – disse Marcos. – Alguma coisa muito estranha tá acontecendo. Dá uma chegada lá no grêmio que eu vou tentar encontrar um funcionário que me explique alguma coisa. Se bobear, vou até a direção.

Marcos ficou relendo o curto aviso pra ver se captava algo mais naquelas poucas linhas e só quando Tobias dobrou a esquina do corredor para se dirigir ao grêmio, ele percebeu a besteira que estava fazendo. Tentou alcançar Tobias e foi quando o viu abordando um aluno pelas costas. Ao se virar, o aluno mostrou a estampa da camiseta e, apesar de nunca ter visto o desenho, a não ser num esboço meio tosco de Luísa no *tablet*, Marcos percebeu que a estampa era o desenho maldito. Observou, de uma certa distância, Tobias mudar sua postura e passar a seguir o aluno com a camiseta. Pensou em correr para alcançá-lo, mas decidiu ir atrás de Luísa, de Paula e de Galileu. Não tinha ideia do que fazer naquela situação.

CAPÍTULO 21

GALILEU DECIDIU PASSAR a noite na escola. Visitar cada sala e abrir cada porta. Como já havia procurado na sala de artes, começou pelo lado oposto do prédio, mas, ao aproximar-se da bendita sala, percebeu uma movimentação indevida para tão tarde da noite. Aproximou-se pé por pé e espiou pela porta entreaberta. Marisa, a nova funcionária da enfermaria, tinha colocado o desenho de Luísa em um cavalete e, acompanhada de uma outra aluna desenhista, fazia pequenos retoques no desenho. A enfermeira dava instruções em voz baixa à moça desenhista enquanto consultava um pequeno livro muito parecido com o que o próprio Galileu possuía. Como o livro era, na verdade, o caderno-padrão dos alunos de cem anos atrás, ela havia obtido o livro de algum outro aluno, provavelmente. Resolveu escancarar a porta, de repente, e botar as cartas na mesa; apesar de idoso, era forte e rápido ainda, e a ideia era arrancar o desenho das mãos das duas e dar cabo dele.

Chutou a porta fazendo uma entrada cheia de força. Com a porta totalmente aberta, percebeu mais meia dúzia de alunos no fundo da sala, alguns com um porte bem avantajado. Só então percebeu o erro de estratégia. Com um olhar e um gesto de cabeça, Marisa mandou que os alunos enfrentassem Galileu, que, não se fez de rogado, deu meia-volta girando os calcanhares e desapareceu nos corredores da escola. Quando teve certeza de que não era mais seguido, sentou e começou a pensar em uma nova abordagem ao problema. Não tinha esperado todos esses anos para fracassar vergonhosamente. Logo ao amanhecer conversaria com os meninos e tomaria decisões. Esperava que juntos eles pudessem pensar em algo, afinal de contas a profecia falava que os quatro tinham alguma força quando estavam juntos que era maior do que a simples soma das forças individuais. Se alguém poderia fazer alguma coisa eram aquelas pestes.

CAPÍTULO 22

PAULA RECOBROU A CONSCIÊNCIA devagar. Estava deitada no chão em uma posição desconfortável. As mãos amarradas atrás do corpo. A cabeça enevoada. Abriu os olhos e distinguiu uma porção de pessoas em pé voltadas para o mesmo lado. Todo o terror de minutos atrás voltou com força total. Sentiu-se perdida. E onde estavam os colegas que deveriam estar ajudando a resolver o problema? E Galileu, onde havia se metido? Quando a cabeça desanuviou, percebeu que estava na sala de artes. Tentou sentar, mas tombou novamente de lado. Num segundo esforço sentou-se meio desajeitada. Viu que todos estavam virados para um desenho em um cavalete. O desenho. No meio deles, Luísa e Tobias. Os dois estavam mais próximos do cavalete. Ele observando atentamente os símbolos com Marisa sussurrando em seu ouvido enquanto consultava o livro. Ela com lápis e outros materiais de desenho fazendo acabamentos no maldito. Não sabia quanto tempo tinha ficado ali desmaiada, mas calculou que deveria ser o meio da manhã. Pelo jeito, não devia faltar muito para o caos.

CAPÍTULO 23

QUANDO MARCOS JÁ HAVIA PERDIDO toda a esperança de encontrar Galileu ou, pelo menos, qualquer alma viva que não estivesse usando uma daquelas malditas camisetas, ouviu alguém sussurrar seu nome.

– Marcos! – ouviu o rapaz atrás de si. Virou-se, mas não havia ninguém lá. Começou a achar que estava ficando louco, como todo mundo naquela escola.

– Marcos! – ouviu mais alto desta vez e pôde localizar a origem do som. Galileu espiava por uma fresta do banheiro daquele corredor.

– O que tu tá fazendo aí? Onde estão Luísa e os outros? – perguntou ele.

– Fica quieto e entra aqui. Estão encrencados. Muito encrencados. Estou aqui já faz umas duas horas e ninguém entrou no banheiro. Sabe o que isso significa? – perguntou Galileu.

– Que ninguém quer nem o número 1 nem o número 2?

– Não! Quer dizer, sim, mas isso é obvio. Significa que todos têm algo mais importante a fazer, mais importante até do que ir ao banheiro ou comer ou beber água. E quando algo é mais importante para os alunos do que essas coisas é porque algo vai muito mal.

– Sim, já percebi. Era pra eu cuidar do Tobias, mas ele desapareceu e não achei mais ninguém. E TODOS estão usando essas camisetas com aquele desenho macabro.

– Sim, percebi. Felizmente o "que protege" é imune ao desenho. E eu também sou, não sei bem por que, provavelmente por vir me preparando há anos para uma situação como essa. Enfim, estamos todos encrencados, e o grupo "principal", incluindo os "nossos", está na sala de artes prestes a conjurar o "Caos". Acabei de vir de lá. De manhã cedo, ainda antes da chegada de todos, dei de cara com o desenho sendo terminado e agora há pouco vi cada vez mais gente se aglomerando naquela sala. A situação tá difícil. Não achei que eles fossem envolver a escola inteira dessa vez. Acreditei que manteriam a discrição para fazer tudo com calma e assegurar uma passagem segura, mas aquela moça, Marisa, é mais ousada do que suspeitei – disse Galileu, cabisbaixo.

– Mas e esse lance da camiseta? – perguntou Marcos.

– Esse foi um toque de mestre – respondeu Galileu –, só quando vi a coisa em ação percebi que eles foram muito mais astutos do que pensei que era possível.

Na vez anterior, parece ter faltado força para completar a passagem, mas desta vez, com o desenho preenchendo a mente dos mil alunos do turno da manhã, a força parece estar garantida. O concurso do uniforme foi bem mais do que incentivar o pessoal a desenhar.

– Mas não podiam enviar o desenho por WhatsApp pra todo mundo, não dava na mesma?

– Tu não lembra que na tela do *tablet* da Luísa o desenho não funcionava da mesma maneira? Deve ser o mesmo na tela do celular, o desenho precisa estar impresso.

– É, deve ser. Mas o que nós podemos fazer pra ajudar a Luísa, o Tobias e a Paula? – perguntou Marcos, desesperado. – Quem sabe tentamos chegar à sala de música e de lá pensamos em algo, ela fica colada à sala de artes.

– Eu sei onde fica a sala de música, conheço essa escola como a palma de minha mão. Vamos rápido, então, que cada minuto que passa é um a menos para resolvermos o que fazer.

CAPÍTULO 24

A SALA DE ARTES era um espaço amplo. Possuía cortinas para dividir o ambiente em três salas de igual tamanho, mas as cortinas se encontravam abertas de forma que criavam um único grande salão, e estava cheia de gente, com mais ou menos cem pessoas, entre alunos e professores vestidos com as camisetas. No espaço do fundo, próximo à parede, estavam o cavalete, o desenho, já finalizado a essa altura, Marisa, Tobias e Luísa. Amarrada e sentada no chão com as costas para a parede estava Paula. Uma espécie de cerimônia parecia estar prestes a começar. Não havia ninguém encapuzado ou com chifres, mas, apesar de Galileu não ter chamado aquilo de algo verdadeiramente maléfico e sim apenas diferente, Paula percebia algo ruim apertando seu coração e pairando a sua volta. Em alguns momentos, sentiu-se como se nunca mais pudesse ser feliz de novo, uma espécie de desesperança concentrada. A sala continuava do jeito que sempre fora, mas aquela presença dos alunos completamente alheios ao mundo e o sentimento de

abandono a fizeram sentir-se como se tivesse caindo em um abismo. Precisava recuperar-se, ou o abismo seria real e a possibilidade de reversão daquela situação, impossível. Precisava tomar as rédeas da situação como sempre fazia.

Marcos e Galileu conseguiram chegar à sala de música e entrar sem grandes dificuldades. Os alunos que encontraram pelo caminho estavam todos com aquela cara de alienados e parecia que não os tinham enxergado ou sequer percebido. Entraram e fecharam a porta.

– Será que conseguimos saber o que acontece na sala de artes colando o ouvido na parede? – perguntou Marcos.

– Melhor que isso – respondeu Galileu. – Conhecer a escola há muito tempo tem suas vantagens. A sala de música e a de artes são duas salas espelhadas e conjugadas.

– Espelhadas podem ser – disse Marcos –, mas conjugadas não quer dizer que elas têm uma porta que une as duas? Eu só vejo uma parede.

– Agora tem uma parede, mas já houve uma porta. Na verdade, elas têm uma porta ainda, mas está escondida atrás dessa parede falsa. Se tu me ajudar, acho que a gente consegue tirar o painel da parede que está cobrindo a porta e daí vamos conseguir ouvir bem melhor. Talvez até consigamos abrir a porta. Não lembro pra que lado ela abre.

Paula ficava rememorando tudo o que sabia do que estava para começar. Aquela cerimônia deveria seguir o mesmo padrão da que ocorrera cem anos atrás. Sabia pouco, basicamente pela leitura da notícia no livro e pelo relato de Galileu. Era pouco, mas podia dar algumas pistas. Sabia que precisavam do desenho e dos símbolos. Alguém precisava recitar as palavras associadas àqueles símbolos. Lembrava também de ler a respeito da cor roxa nas paredes. Será que aquilo era algo necessário ou somente um efeito causado pela explosão? Quase no mesmo momento que refletia sobre isso viu alguns alunos fechando as cortinas *blackout* da sala e outros trocando as lâmpadas LED por lâmpadas roxas. A sala assumiu uma cor arroxeada assim que os interruptores foram acionados. Ok, pensou ela, desenho, símbolos, palavras, cor/luz roxa. Será necessário algum cheiro específico? Alguma música talvez? Se eu tivesse um pouco mais de tempo. Talvez se conseguisse convencer essa louca de me explicar o que estava acontecendo...

– Se tu não me levar a mal, pode me dar uma dica do que tá rolando aí? – tentou Paula.

Marisa olhou para Paula como um gato encara um rato por entre as patas.

– Claro, minha querida – disse Marisa. – Temos ainda alguns minutos – o sorriso divertido lembrava o de um tubarão. – Algo aguardado por tanto tempo

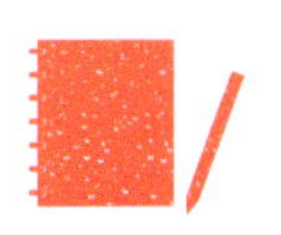

precisa ser saboreado. Tu já deve ter alguma ideia do que vai acontecer logo a seguir. Meu objetivo é trazer o Caos pro lado de cá.

– Mas que coisa louca! Pra que matar todo mundo? – perguntou Paula.

– Não, querida – disse Marisa –, o Caos não vai matar todo mundo, só muita gente. Muuuuuita gente! E, depois, os que sobreviverem vão se adequar à nova ordem mundial. As coisas andam tão ruins do lado de cá que não tem como mudar pra pior, só pra melhor, e o Caos é a nossa única esperança pra um mundo decente.

– Eu queria que tu ouvisse o que tá falando! Não tem coisa mais absurda! – argumentou Paula.

– Eu não espero que tu entenda o Caos como eu. Meu avô, meu pai e agora eu somos a única esperança real de um mundo melhor. Meu avô participou da cerimônia há cem anos, mas meu pai não teve essa oportunidade; felizmente eu fui treinada desde pequena e avisada da minha responsabilidade, e recebi esse caderno com instruções muito úteis, instruções que tenho completado nos últimos anos. Tenho conversado com o Caos através da fresta que nunca fechou após a última cerimônia e ele tem falado comigo e me explicado tudo o que é necessário para realizar a passagem com sucesso. Tudo o que você está vendo aqui faz parte de um plano cuidadosamente arquitetado por mim. Conseguir a vaga na enfermaria foi um bônus e eu já estou de olho em vocês desde o início do ano. Não localizei o quarto elemento, mas isso não importa mais. O velho Galileu mal se aguenta nas pernas e também não pode nem nunca pôde impedir que as coisas seguissem como deviam. Na verdade, ele me ajudou bastante ao apontar vocês na direção certa mesmo sem querer. E agora já chega. A hora se aproxima e precisamos começar. Já temos todas as condições prontas para o começo da cerimônia.

Marisa posicionou Tobias próximo ao desenho e o rapaz começou a pronunciar as palavras. As luzes pareceram escurecer à medida que Tobias se empolgava ao recitar a ladainha em uma língua desconhecida. Após um minuto ou dois, as luzes passaram a ter um brilho cegante e uma espécie de redemoinho apareceu no centro do desenho. Havia agora um peso palpável no ar. Uma espécie de bruma fantasmagórica começou a formar-se em pontos variados da sala. Alguns dos alunos começaram a mexer-se num compasso estranho, com os olhos muito abertos, mais abertos do que parecia ser possível pelas leis da física suportadas pela nossa realidade. Provavelmente já era a dimensão do Caos se infiltrando do lado de cá. Outros sorriam. As bocas abertas demais, os sorrisos largos demais.

Galileu e Marcos haviam conseguido tirar o painel da parede e abrir a porta para o lado da sala de música. Acabaram ouvindo parte da explicação

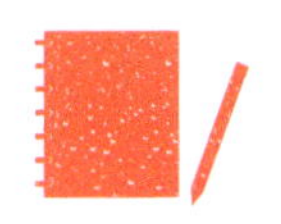

maluca de Marisa. Ao perceberem Paula encostada na parede falsa do lado da sala de artes, acharam seguro tentar entrar em contato com ela. Foi Marcos quem procurou chamar a atenção da colega.

– Paula. Paula!

A menina achou estar ouvindo vozes do além, até que compreendeu que era Marcos através da parede. Tinha uma ideia, apenas uma e esperava que fosse suficiente. Procurou virar a cabeça e falar ao encontro da parede.

– Marcos, o Galileu tá contigo? – perguntou.

– Sim, mas não sabemos o que fazer.

– A luz.

– O quê?

– A luz! Diz pro Galileu cortar a luz!

Marcos virou-se para Galileu e, com cara de quem não entendeu o que estava acontecendo, repetiu o que Paula havia murmurado.

– Ela disse pra cortar a luz, Galileu.

O homem percebeu que não era hora de tentar entender tudo perfeitamente. Tirou um alicate do cinto e se dirigiu para o corredor. Abriu o quadro de luz e, após abaixar um dos disjuntores, arrancou os fios dele com o alicate. Algumas fagulhas pularam discretamente do quadro de luz e foi possível perceber a luz da sala de artes se apagando.

Paula vibrou quando viu as luzes roxas sumindo e o redemoinho encolhendo. Mas seu entusiasmo não durou muito. Alguns meninos com o olhar tresloucado trouxeram do fundo da sala vários abajures não ligados à tomada e equipados com lâmpadas roxas. Pequenas, mas potentes, baterias abasteciam as luminárias. Assim que foram ligadas, Tobias retomou a ladainha e o redemoinho voltou a se desenvolver.

Na sala ao lado, já tendo Galileu retornado, Marcos tentava novo contato. Paula estava tão decepcionada que não sabia o que dizer. Queria ter um novo plano e dar boas notícias aos companheiros, mas não tinha ideia alguma. Viu o redemoinho aumentar e estabilizar em um tamanho regular, com o tamanho de uma bandeja. Pensou que talvez a força tivesse se esgotado e duvidava de que algo como o "Caos" pudesse atravessar aquele buraco modesto. Estremeceu quando viu um rosto aparecer no centro da passagem. Eram somente dois olhos grandes e a face coberta de tentáculos viscosos de tamanhos variados. Era algo horrendo, além dos seus piores pesadelos, mas Marisa parecia deliciada. Alguns dos tentáculos maiores ultrapassaram o limite do desenho e tocaram gentilmente Marisa na face. Ainda com o sorriso no rosto, Marisa fez um sinal para os alunos mais próximos e eles deram início a uma espécie de grito coletivo. O grito era uma nota grave e ininterrupta. Cada vez mais alunos foram aderindo àquela espécie de uivo humano e o som foi ficando mais agudo. Logo, todos estavam gritando uma nota

muito aguda. O buraco interdimensional no desenho nitidamente se alargava à medida que o som agudo ia se intensificando e se estabilizando. A passagem já ultrapassava as bordas do desenho e cada vez mais tentáculos faziam uma dança frenética do lado de fora. Paula assistia a tudo com horror. O desespero deve tê-la levado a ter uma daquelas ideias improváveis, mas possíveis no contexto da loucura em que estava vivendo. Ainda ouvia Marcos tentando contato do outro lado da parede, agora já aos gritos.

– O trombone, Marcos! – gritou a menina. – Bota a boca no trombone! Vem pra cá tocando com toda a força que tu tiver!

Marcos não entendeu logo de cara. Mas, pensando no exemplo de Galileu que agira sem pensar e com confiança absoluta alguns minutos atrás, dirigiu-se aos instrumentos de sopro no fundo da sala, pegou o primeiro trombone que encontrou e voltou correndo para junto da parede. Esperava que Paula também tivesse a mesma velocidade em seguir, sem vacilar, o que os amigos pediam.

– Paula! Te afasta um pouco que eu vou entrar.

Marcos tomou distância, esperou alguns segundos e se jogou de encontro à falsa parede da sala de artes.

Paula havia conseguido levantar e tomar uns dois metros de distância da parede. Viu Marcos adentrar a sala através da parede, que devia ser feita de alguma

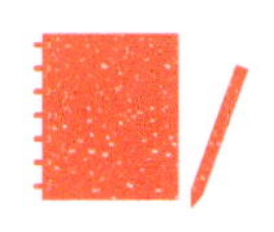

combinação de gesso e papel. Apesar da entrada de Marcos ter sido bem espalhafatosa, ninguém diminuiu a intensidade da cerimônia, e a passagem continuava se alargando. Marcos empunhou o trombone e escolheu uma nota qualquer para começar. Assim que o trombone soou, se sobrepondo às vozes dos alunos com seus gritos agudos, algo pareceu mudar no desenho. A passagem pareceu travar e cessar de alargar-se. Marcos resolveu tentar uma nota mais grave e percebeu a passagem diminuir de tamanho. Marisa, a esta altura, demonstrava certo desespero no semblante, mas parecia imobilizada. Ainda participando do grito coletivo, lançou um olhar para os alunos que guardavam a porta da sala e eles se dirigiram para tentar tirar o trombone de Marcos. Galileu entrou como um raio na sala e se embolou com os três garotos.

Estabeleceu-se uma certa confusão com os quatro trocando socos perto da porta. Marcos, não sabendo quanto tempo conseguiria continuar tocando, tomou fôlego e arriscou outra nota, e mais outra. A passagem encolhia a cada nova nota grave que Marcos fazia o trombone soar. Não só Marisa, mas a própria criatura de dentro da passagem parecia desesperada. Os gritos agudos aos poucos morriam na garganta de todos os presentes e Marcos pôde parar de tocar o trombone. Quando parecia já certo de que a passagem não deixaria o Caos invadir a dimensão do lado de cá, Marisa sentiu uma pressão pegajosa em seu calcanhar e viu um dos últimos tentáculos do Caos puxarem-na de encontro à passagem. A moça foi levantada no ar e foi sugada para o outro lado da passagem com um movimento rápido e com um barulho que lembrava o de um avião que ultrapassa a barreira do som. Aos poucos, os alunos foram saindo do transe e se perguntando o que estavam fazendo ali. Galileu levantou-se resmungando algo do tipo "nem se aguenta em pé, agora ela viu quem não se aguenta em pé, eu me aguento muito bem em pé e ainda enfrento essa gurizada metida aí sem fazer feio". Marcos desamarrou Paula e tratou de levá-la acompanhada de Tobias, Luísa e Galileu pra longe daquelas salas. Não queriam estar por perto quando alguém da direção começasse a pedir explicações.

CAPÍTULO 25

OS CINCO CHEGARAM SEM FÔLEGO à sala de Galileu. Saíram calmamente da sala de artes, mas começaram a correr assim que puderam. Após alguns minutos, Marcos conseguiu recuperar o fôlego para perguntar.

– Por que o trombone?

– Comecei a avaliar tudo que fazia parte da cerimônia e me ocorreu que talvez os gritos fossem algo mais do que uma saudação ao Caos, talvez fossem necessários para a passagem. Lembrei que na notícia que lemos havia sido citado um som agudo vindo da sala onde ocorreu o incêndio, daí foi somar dois mais dois. Achei que um som que abafasse o grito louco da galera poderia influenciar na cerimônia e complicar a passagem – revelou Paula. – Mas foi meio que um chute também – acabou admitindo.

– Nossa, gente. Que loucura! – disse Luísa. – Não tinha ideia do que tava fazendo nas últimas horas, mas agora, com a memória voltando aos poucos, é tudo muito estranho. Agora entendi porque aquela louca da Marisa me dava tanta atenção e fazia tantas perguntas quando eu ia à enfermaria por causa das minhas dores de cabeça.

– Muito estranho e louco mesmo – concordou Tobias. – Eu não queria falar aquelas palavras, mas parecia tão certo na hora. Me sinto meio culpado.

– Vocês não estavam de posse das suas faculdades mentais – disse Galileu. – Ainda bem que nós estávamos. A menina aí – disse apontando para Paula – salvou o dia e o planeta Terra, possivelmente o Universo. Mas eu também dei minha contribuição – mostrou o muque, debochando.

– Tá, mas o que vão pensar que aconteceu, na escola, eu digo, como vão explicar essa manhã e esses dias malucos? – perguntou Marcos.

– Da parte técnica, eu vou dar umas explicações bem convincentes – disse Galileu. – Curtos-circuitos, raios e relâmpagos, material de segunda mão nas instalações elétricas, mofo nas paredes, infiltração de água enfraquecendo as estruturas e outras coisas do tipo. E cada um vai preencher os absurdos desses dias com explicações que deixem sua mente satisfeita e vão continuar levando a vida sem saber o perigo que correram e que existe esse negócio de dimensões e Caos e planos para dominar o mundo.

– Ok, tudo isso parece bem convincente – disse Luísa. – Mas o que eu quero saber é se meu desenho ganhou ou não ganhou o concurso. Ainda quero

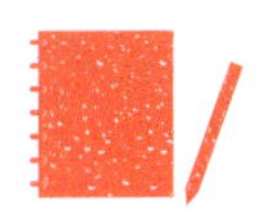

aquela viagem dos sonhos e os uniformes pro time de vôlei da Paula.

Após o silêncio constrangedor e do olhar incrédulo de Paula, Luísa completou:

– Brincadeira, gente, brincadeira. Tô só zoando.

EPÍLOGO

Luísa dormiu bem pela primeira vez em semanas. Além dos sonhos loucos terem cessado, o irmão era só agradecimentos por ela ter arranjado um encontro dele com Paula. Era só uma *pizza* inocente, mas o rapaz achou o máximo.

Na escola, a notícia do ocorrido na sala de artes correu por todo canto e, depois de um ou dois dias, acabou morrendo. Ninguém sabia o que tinha ocorrido de verdade, com exceção dos cinco, e Galileu deu algumas explicações bem convincentes para a direção. Alguns alunos foram acusados de pregarem uma peça que foi longe demais e o concurso de uniformes foi enterrado como se nunca tivesse acontecido. Os velhos uniformes pareceram mais legais do que nunca. Galileu continuou distribuindo mau humor, mas, pelo menos, não perseguia mais Luísa. Na verdade, a sala de Galileu passou a ser uma sede informal daquele grupo estranho. Sempre que se encontravam lá acrescentavam informações e teorias malucas ao caderno de Galileu. Precisavam deixar ótimas pistas para o próximo grupo improvável de alunos do Divino Saber. Cem anos passavam rápido e o Caos continuava pedindo passagem. Além do mais, nunca se sabe se alguma fresta, por menor que seja, não permanecia aberta.

CHRISTIAN DAVID

Meu nome é Christian David e contar histórias é minha grande paixão. Moro em Porto Alegre e utilizo os cenários cotidianos e fantásticos para questionar as coisas que me inquietam ou fascinam. Histórias de fantasia e terror sempre fizeram parte da minha vida, sejam por meio de filmes e quadrinhos ou dos livros, muitos livros. Guardo na pequena biblioteca de onde moro muitos tesouros que volta e meia revisito. Para escrever este livro fiz uma espécie de grande "pescaria" em todas as histórias que me influenciaram ou emocionaram, e ainda ficou muita coisa de fora aguardando as próximas aventuras. *Caos na escola* é o que eu chamaria de uma aventura de "terror cósmico", mas não se preocupe, se você ainda não leu o texto, ele não é assim tão assustador, a não ser que você estude em uma escola parecida com a da turma do livro, aí eu não garanto nada.

CARLA PILLA

Meu nome é Carla Pilla e sou ilustradora, quadrinista e aquarelista e formada em Publicidade e Propaganda. Cursei ilustração de livros infantis na Central Saint Martins College of Art and Design, em Londres. Em 2018, me mudei para Berlim, na Alemanha, onde vivo com meu marido e dois gatos.

Sou autora dos quadrinhos *Filé de Gato*, além de três jogos de tabuleiro infantis que valorizam a cultura e o folclore brasileiros. Durante 3 anos, ilustrei a coluna dominical de Martha Medeiros na revista *Donna*, no jornal *Zero Hora*. Até o momento, ilustrei mais de 30 livros infantis e juvenis para diversas editoras do Brasil, além de textos didáticos e paradidáticos e ilustrações editoriais e publicitárias.

Caos na escola é o primeiro livro que faço com a Editora do Brasil e adorei ilustrar a partir do texto de Christian David. Para criar os símbolos e seres interdimensionais, me inspirei livremente na obra de J. P. Lovecraft. As ilustrações foram feitas com caneta nanquim, aquarela e *crayon* aquarelável.

Este livro foi composto com a família
tipográfica Charter e Special Elite para
a Editora do Brasil em 2019.